我已不再沉睡

# 海浪将我拥起

韩仕梅 著

湖南文艺出版社
HUNAN LITERATURE AND ART PUBLISHING HOUSE

博集天卷
CS-BOOKY

# 自序：女孩、农妇和诗

我小时候，这个世界的一切都是真实可触的。母亲的脸是，破败的屋墙是，粗陋的田埂也是，连贫穷和饥饿都有独特的触感。

★

我乐于触碰成长中每个不期而遇的"来客"，他、她、它，捎给我生命中的新奇。

可长大后，我的触
觉仿佛失灵了，锄
头、风雨、婚姻，
摸上去只有冰凉的
虚无。

★

别人期待与世界润滑，我却期待与它摩擦。

长夜难眠，祈祷化诗，我终丁盼来火花。

★

是诗，弥合了我与世界之间的罅隙；是诗，敲醒了我头顶上熟睡的一颗星。

这部诗集，满载我的满天星光，愿它伴你找到独属于你的璀璨。

★

目 录

辑 一

# 我的爱也曾炽烈过

辑 二

亲情，一半凋谢一半生发

辑 四

# 海浪将我拥起

辑一

我的爱也曾炽烈过

# 单鸟

没有你的日子里
夜是那么漫长
我数着星星，数着月亮
泪滴打湿了衣裳
没有你的夜晚，我心无处放
在霓虹灯闪烁的十字路口彷徨
我好想拽着你的衣衫
带我去远行

# 一无所有

空荡荡的屋子
寂寂的墙壁
只有疲倦的肉体
随着灵魂飘逸

# 假如
## 我们曾经爱过

假如我不再是用人

就不用每天瑟瑟地活着

我想和你一起谱曲歌唱

在一个荒无人烟的小岛上

# 苏醒的爱

半生的心酸锁进塞外的冷碑

孤凉的那朵玫瑰早已凋零

泪水淌满脸颊

早已忘了我是谁

爱的渴望漫过心碎

笔尖下写满了伤悲

无人懂黑夜里的那枝梅

爱的欲望被春风雨露敲醒

流浪的心

只属于最爱的那个谁

# 爱的沉沦

没有你的夜晚
只有墙壁打量着我的身躯
无数个寂寥的夜晚
我只得对着孤灯叹息
连椅子也紧蹙着眉头
看着我写诗

# 枯萎的泪水

拖着发霉的肉体

走出这人生囚牢

掀开天边的那一片云彩

是否还能看到你浅浅的微笑

我把你对我的爱筑成城堡

站在高高的楼台上

仰望你的背影相思遥遥

春风满地

百花正娇

我在苦苦寻找你的足迹

飘飘迢迢

我的泪已枯萎

我悄悄地把它埋在城角

你的影子在脑海里灼灼耀耀

# 杳杳

在那混浊的泥水里

已看不到心的泪滴

# 愿夜更长

只有喝醉时
我才能看到你的样子
我不愿黎明到来
愿夜更长

# 孤独

车流如梭，声声轰鸣

孤独的心穿梭在车间小空

泪水无声，脚步轻轻

漫步在高速公路上

忘记了思念你的痛

一切过往清零

心已成灰

飞上了高高的星空

望着璀璨的不夜城

忘记了冬季的寒冷

轻柔的云

缝补着肉体的一道道伤

泪满双眸，我还在继续前行

# 凉

寒风拽走了暖被

只留下孤冷的一张床

桌子问椅子

我的心咋就那么凉

# 缥缈

思念你的灵魂
已奔赴你的影子
在狭窄的小巷里
给你一个拥抱
一个深深的吻
雪下得好大
却量不出爱你的尺寸

# 海

海平静得可怕

丢一块石头

也溅不起一朵浪花

地平线上的朝阳微微抬头

似月亮一般温柔

我不停地收集一缕缕朝霞

煮一杯热茶

捧给大海

滋润他早已干渴的嘴巴

风无力

海依然静得可怕

只有那颗微不足道的岩石

携着天边那洁白如玉的云朵

依然站在岸边

默默地守护着他

# 一年

误了春夏，错过秋冬
负了真情，碾碎成渣
聋哑，痴傻，疯癫
勾勒了一幅画

# 凋零的花瓣

午夜凋零的花瓣
步履蹒跚还在行走
昔日的黄昏
把你的影子拉长
成了一条线
一直拴在我的心口
孤独的黄昏
血液骚动
去缠住灵魂里
仅剩的一点温柔

# 魔芋花

一束开在地狱里的魔芋花

藏满用泪水写给魔鬼的诗句

在时间里慢慢稀释

两条不对等的水平线

错过辙的起点

逆了路的虹

在大雨倾盆的夜晚

不见了你的影踪

# 玩偶

爱

让我变得痴呆

成了玩偶

掠过的风在笑

可是我还很认真地

等你零星的温度

# 飞来的爱又飞走了

爱飞来，又飞走了

落在皑皑白雪上

经不起阳光的关照

轻轻一瞥

即刻消失得无影无踪

心酸的泪水溢出眼眶

滴穿了岁月

没人知晓我笑脸背后藏着的悲哀

希望总是熬不过宿命的安排

黑夜把所有伤口隐藏

# 人生驿站

这一站

黑暗中

没有门，也没有墙窗

我用爱筑就一座高高的孤城

却不见你的踪影

我只是沉眠于你脚下的泥土中

丢掉所有的痛

# 痛

爱
一旦落下病根是挖不掉的
有的痛只是暂时的
有的痛却要搭上一辈子

# 活着

释然了

身如棉团一样柔轻

活着

升如月

跌如风

# 我把我的爱倾倒

挥霍完所有的痴狂

只剩下皮囊

你的出现，是露，是雨

是砒霜

是够不着的天堂

是摘不到的月亮


夜色下的灯光

璀璨着你的辉煌

遥远的沙漠边缘

只能看到你的脊梁

摸不到你的脸

是凉还是烫

我把我的过往烧成灰

让风带走

撒在你的故乡

# 心事的重量

身边掠过的风那么轻

轻得感觉不到它的存在

心事却那么沉

沉得可以压裂地球的眼睛

黑夜逃走了

把秘密丢给了宇宙

# 找不到理由去爱

卸下爱的盔甲

重新走进我的牢房

老头用双手遮住了窗

我

戴着镣铐蜷缩在墙角

曾经憧憬的美好

在海面上飘摇

我只配待在我的牢房

# 心中的橘黄

心中藏着一盏橘黄

不适宜春天的暖阳

只属于寒风凛冽中的一缕梅香

我把心中所有的伤

揉成万道光

射向日月星辰

配上南海叠起的海浪

融入人间万家灯火

只留下走动的云

满天的你

# 同路人

我不做黄昏的女儿

只想藏进你的行囊

做你的同路人

# 对错

不是一路的

无论你多么正确

都是错的

# 谎

对待白天

他不曾虔诚

对待黑夜

他也不曾忠实

他的爱一直在女人堆中翻滚

我如戏中的木偶

傻傻地等

一直等

# 欺骗

善良似一团柔棉

被欺骗蒙住了双眼

你打着真爱的幌子

没收了我一生的赌注

# 摆设

爱

是你自编自导的剧本

我恰好是剧中的一个摆设

曲终爱亡

心碎神伤

# 让风卷走

我的墓冢啊

只立在你灵魂深处

高大的胡杨

吹落一地的忧伤

赐我一阵狂风吧

连他和我的冢一起卷走

# 这个世界

这个世界太小
懂你的人还没有遇到
这个世界又太大
走到你窗前
你却不知道

# 道貌岸然

花在凋零

风在哀号

树在滴血

鸟在悲怜

空气像座大山把我压住

我把头伸向天空

身体里释放出愤怒的熔岩

让百花失色

河水停流

谎言编织着一年的网

网住了纯真

网住了善良

让岁月肆意吞噬着你的真爱

网住了叶子、茎和花瓣

扼杀了春夏秋冬

助长了道貌岸然

# 被爱遗落的躯壳

夜色暗涌时

月光穿透屋顶

我跟不上光的节奏

被岁月催开的花朵早早凋零

月落之后

阵阵凉风送来薄薄的霜露

敷在被爱割破的无数道伤口上隐隐作痛

我无法驻足于诗歌田野

仍在你肉体里行走

漫天大雪浸泡着我的躯壳

把你的敷衍遗落在雪中

# 3 月 20 日

那一日
我抱起为你倾下的山河
走出爱你的魔窟
迷惘的灵魂扣紧心门
天地之间白茫茫一片
晚来的风卷走爱的河流
天空中凌乱飞舞的雪瓣
在这个春天里哀号
没了春天
没了诗意

# 情人

拉下夜色的帷幕

用快要死掉时的余力号啕

最后一滴痴情的泪

是被爱掏空了的灵魂

一具干瘪的肉体

见不得光的那张脸

被时光忽略

思而不见

念而不忘

背道而驰的车辙

只能在黑夜里延伸

每一次碾压

吞噬一段骨髓

# 秋思

坐在秋夜的井台上
月光下晃动扭曲的影子
像你也像我


早已听不到蝉鸣
风把云撞碎慢慢又缝上
你伪装了白昼所有的真实
我拥抱了隧道里所有的黑暗


西风来了

拂过身上的伤口

我把你在我生命中的记忆

打包

寄还于你


挫败的春天

在秋天的枫叶中飘逸

来年会更加枝繁叶茂

# 清醒

十分清醒

端坐在虚无缥缈的时空中

我的墨

时而清浅，时而暗深

来不及彷徨

撕开自己的伪装

黑夜生出无数条藤蔓

抽打着过往斑斑的伤痕

紧紧裹住我的枷锁

沉重

我无力托起我自己

# 忧伤

忧伤从不写在脸上

只愿做老头长长的脊梁

宽阔的马路上

老头满载货物的卡车

在脊梁上碾压

我没有资格怪谁

在生命的字典里

只能画上淡淡的一笔

# 老头，
# 假如能够唤醒你

老头

比巨婴还大的巨婴

我这一生中使尽了浑身解数

无论怎么叫也叫不醒他

因为他从出生时就一直睡着

让机器的轰鸣声和夏夜的雷声去催醒他吧

我尝试了无数次

可他依然睡着


黑夜里的流星把蜡烛点亮

去照亮每一个需要光的地方

我好希望老头也是被照亮的那个幸运者

时针褪去了青丝

送来了霜染双鬓

可我依然站在老头的梦里彷徨


假如老头是一条通往北京的渠

我可以做清澈的水

躺在他怀里缓缓流淌

没有负重只有怀抱里的温暖

我用双臂用力推动黑夜里的轮轴

让黑夜加快脚步行走

早一点见到清晨缓缓升起火红的日头

# 和你一起

爱

在血液里滚动

烟波浩渺的心房

紧握着你的手

坐在菩提树下

一起看月亮

凝眸的眼神比星星还亮

我幸福的泪水里涌出了血

# 心语

心累化作一缕烟

飞向那高高的蓝天

云儿告诉我

我替你遮风挡寒


夜晚流星划过

那是一道美丽的风景线

流星告诉我

我可以照亮你心中的黑暗

风起细雨点点

雨儿告诉我

我可以滋润你已干涸的心田


微风送来阵阵花香

花儿告诉我

我为你绽放容颜

淡淡花香抚平你内心深处的伤痕斑斑


阳光透过云朵

它告诉我

我被乌云遮的时候

也会奋力向前

给你带来一丝温暖

# 一朵雪莲

绕过围墙

绕过那还没渡完的劫

邀一缕清风

赏月缺月圆

沉沉的夜

伴青灯入眠


撩开屋顶上的云层

我在你心坎上写下爱的音符

从此人比诗字瘦

爱比蚕茧肥

想在你家门前
种下一株梅花
只为芳香浸透你的灵魂
迎吻你似微波柔柔的笑靥

我只是一个拾荒者
什么也给不了你
我愿意用一生的忠诚

换你来生的爱

夜色下你乘风而来
站在窗外
朦胧的身影
摇曳的花姿
月光下浮动着氤氲的芬芳

我好想搂住你的脖子
轻吻你的脸

我划着了一根火柴
点燃心中那盏长明灯
只为看清你那张脸


生锈的心锁
藏着一朵圣洁的雪莲
无论怎么开也开不败
一壶老酒
溢香千年

# 爱的依恋

我是一粒种子

你是一块田

滋润我生长

细雨绵绵


我是一棵小草

你是大山

用你那宽阔的肩膀将我爱恋


我是枝上的嫩芽

你是枝干

将我弱小的身躯托起

让我不再感到孤单


你是花中的王

我是花瓣

围绕着你的花蕊起舞翩翩


我是天山雪莲

你是我的太阳

照射着我身上的每一根神经

让我看到了海的蓝

# 生命中的光

你是我生命中的一道光
时而欢喜，时而悲伤
在灵魂的交会点迷失了方向
假若你是月光下的那根银线
刚好我是绕进你线圈里的花朵
你有你的无奈
我有我的惆怅
当所有希望陪同爱活埋
我把我的肉体葬于青海

# 三生三世

我在你肩头咬一口

来生还能找到你

我想把我的肺给你

让你的生命有无限的张力

我爱你

必须留下三生三世的印记

# 依然活着

我情愿化作梅花一朵

在你家门前傲立

比一粒尘埃、一缕风从容

相思在黑夜的泪滴里存活

搅动无尽的怅惘

出入灵魂一遍一遍搜索

你在我生命里留下的痕迹

一道闪光，一个霹雳

# 如果

如果有来生
我愿化作一颗流星
只为刹那间的美
在你心中留下永恒

# 共眠

枝念叶子时

云也会流泪

树干上爬满了蚂蚁

它们晃动着触角

用力去敲醒

叶子旁的每一个花骨朵

# 云揉碎了月亮

你的影子
嵌入我的眼睛
黑夜里做我的星星

云揉碎了月亮
撒落了一地

拾起地上的微弱亮光
慢慢拼凑出一个新的生命
一弯新的月亮

# 萤火虫

假如我是一只小小的萤火虫

在黑夜里闪烁

不和星星媲美

我有我独特的光辉


假如我是一只小小的萤火虫

不去那凄凉的旷野

不去那幽暗的峡谷

丢掉所有的忧伤

认准我的方向

在黑夜里

飞翔，飞翔，飞翔

假如我是一只小小的萤火虫

我会推翻我所有缥缈的遐想

带着迷途的羔羊

脚踏实地寻找我的故乡

将善良融入罪恶的肢体

让他不再怅惘

向往，向往，向往

假如我是一只小小的萤火虫
用清流去灌溉你裂开的田地
孕育瓜果蔬菜十里飘香
渴望，渴望，渴望

假如我是一只小小的萤火虫
用我自己的誓言实现我的梦想
记忆中那一抹抹苦涩的甜蜜
在脑海里残留
希望，希望，希望

辑二

亲情，一半凋谢一半生发

# 母亲的城

母亲

我想象你教我说话的场景

母亲

我想象你教我走路

步履蹒跚的背影

在无数个苦难的日子里

你双手布满老茧

忘了被荆棘刺伤的痛

你一人躺在坟墓里

我摸不到你额头上的皱纹

我想吻吻你的脸

不想让你躺在那座冰冷的城

# 父亲在明目张胆地老去

手扶犁耙

在田垄上摇摇晃晃的身影

吃力踉跄

颤巍巍的脚步

早已显得头重脚轻

我无法阻止岁月流逝

在被遗弃的日子里

父亲的白发肆无忌惮地疯长

黄昏时父亲扛着锄头的背影

在暮色里被拉长

汗水催生了年轮

打湿了山川

润泽了万物

丰满了稻田

孕育着丰收

在这片贫瘠的土地上耕耘着

熬干了岁月

丰盈了三秋

好想用青春换回一点时光

不让父亲这样老去

# 下来吧！哥哥

晚霞沐浴着过往的尘垢

我的牢房建在酒瓶子里

被雷电击碎

碎片间

我看到了哥哥的模样

他不再辛劳，悲伤

可天堂有风

吹乱了他的头发

撕落了他的衣裳

他裸着脊背，端坐在月亮之上

我慢慢向他靠近

向他招一招手

下来吧！哥哥

摘一朵野花插在我头上

# 迈过姐姐的心坎

姐姐

我再一次把门闭紧

不想让春风吹进来

流过我心坎上的蓝波

也曾从姐姐心坎上流过

我怀疑这个世界的真实

低矮的草房和灰暗的煤油灯光

一块上学

玩泥巴、扎鸟笼、踢毽子、过家家

寂寞的人间弹奏着孤独的曲子

宿命张开一张大网将你我吞噬

我挣脱了网，掉离人间

那一刻我没了人世间的痛

我回头遥望姐姐

此时秋叶横飞

扑打着她的背

我牵不着姐姐的手

可我的心牵到了她的心

# 童年

一面镜子

照回童年

露着棉絮的棉袄

吃不饱的每天

却露着灿烂的笑

纯洁幼小的心灵里

蕴藏着无云的天

蓝的海

夜晚陪着月亮嬉闹

多好

# 夜曲

风是黑夜孤独的曲子
深夜里
我心中那盏灯依然亮着
母亲把手伸进我的皮囊
掏走了那盏灯

# 娘

摘一朵云

用纤纤十指捻线织纱

给娘做一件衣裳

捏一缕风

给娘送去一丝清凉

下雪了抱一团火

给娘暖暖炕

我给娘收藏了四季

让仙鹤捎去天国

花开了，秋叶黄

# 穿着云裳的爸爸

你在天堂
穿上了云做的衣裳
细柔而洁白
眼里不再有忧伤
我好想回到儿时
依偎在你怀里
享受着你的慈祥

# 那个年代

天边升起了篝火

记忆中的草莓

像母亲山峰般的乳房

我唱着儿歌

哄着弟弟入睡

古老的村庄

闪烁着幽暗的煤油灯光

母亲坐在灯下纳鞋底

缝制衣服的样子

犹如烙印

深深地印在我灵魂深处

雪覆盖着村庄，房屋，土地

母亲的羊群

在村庄周围

点缀着无尽的夜色

六个孩子，年迈的爷爷

过度操劳

年轻的母亲过早衰老

冻裂双手的疼痛在空气中弥漫

疼痛

在母亲困乏而疲倦的呼吸里

慢慢变淡

母亲日积月累的疲惫

早已厚过大地的深沉

我做好一桌丰盛的晚饭

坐在灯下

等待母亲回来

久久地，久久地

# 备注

从出生起
我的身份注定要备注上
未来的老头，公婆，儿女
我只想用我的善良
给这个变了味的空气
摘上一朵玫瑰
把浪漫也给予他们
然而
我一直没找到
属于我自己的位置

# 一个母亲的自白

我把我的肋骨一根一根拆掉

做儿女登天的云梯

在雨里护着你们

在浪里把你们擎起

冬日里做暖炉

夏日里做凉席

如果需要

我会把我的生命给你和你

# 儿子

儿子

你不再是草丛中的露珠

经过岁月朝暮

你已是参天大树

用你高大的身躯去拥抱你脚下的小草

用你的善良去保护森林里的每一只小鸟

儿子

你要记得

曾经有一位悲悴的母亲在你生命里停留

# 女儿

宝贝，每天朝阳升起
我都会看到你灿烂的笑
我不会让你
痛苦着我的痛苦
悲怜着我的悲怜
不会让你踏着我的足迹
走进无爱的坟墓

# 再道父亲

村头，雨水

小巷，浊流

在我走过的脚印里延伸

犹如一根思念的灯捻

一直燃烧在胸口


在那些贫困潦倒的日子里

父亲挑着挑子

豆腐，豆腐的叫卖声

仍在耳边萦绕

扁担磨破了你的双肩

可你从不叫疼

黑夜里

炉火每蹿动一下

我都感到疼


我心中撕裂的伤

变成一次次潜逃

我不敢再去看

父亲肩头臃肿的伤

一家九口人的生计
填满了父亲额头的皱纹


时间被催眠，麻醉
父亲忘记了疼痛
忘记了疲劳


记得我出嫁的那天
我在哭
父亲也在一边抹泪

我不想让父亲伤心

坐上卡车走了


二〇一五年

父亲去世了

给我留下无尽的思念

无尽的伤痛


我的青春，我的梦

都定格在我出嫁那天

父亲和我的泪水里

# 再道母亲

昨夜小城灯火璀璨
我彻夜难眠
风吹走了小道上的枫叶
那片片熟透了的叶子
捎去了我对母亲的思念
弯弯曲曲的小道上
母亲佝偻着身躯
手提水桶
带着我们姊妹六人
一直朝着岁月的前方走
丢掉了饥饿
复制着希望的步伐

# 摘辣椒的日子

晌午

回家

左手提着袋子

右手挎着篮子

儿子骑在脖子上

那时

没人疼我

只有上坡的路

吻着我的脚印

# 风一直在吹

呼啦呼啦的风

一波接着一波

吹落了

刚刚赶出村口的羊群身上洁白的绒毛

吹进了小溪的眼睛

门前那棵银杏树苍老无力

他用尽余生所有的力量张开双臂

紧紧抱着我那个疲惫游走的灵魂

恰似我唯一可以停靠的港湾

岁月的痕迹刻满了他的脸

就这样一直默默地抱着我

村外的土疙瘩山梁梁

早已失去挺拔的身姿

风还在一波接着一波吹

小溪的腹部清澈见底

随着时间的推移打开了张力

风还在吹

心中紧绷的弦断了

风依然在吹

# 走着走着
# 就只剩下自己

碧玉般的青藤攀爬着你的躯干

牵牛花的花瓣装点着你的家园

画一柄长剑刺破云天

在我的家门口倾下万里河山

走啊走，停留在洱海桑田

念啊念，高峰如巨人伸入云端

等啊等，还要继续明天

盼啊盼，都是过往云烟

半弯月，长得像你的脸

走着走着早已不见

恨不能策马扬鞭长啸向苍天

问世间何为孽缘

宿命指挥我退退前前

柔情万种，谁人最懂

道前世，道来生，恍然如梦

隔秋月碰不到你半点风情

弹一弹指间，拨开一片云天

只原余生心净如天山雪莲

辑三

无题

# 无题1号

和树生活在一起

不知有多苦

和墙生活在一起

不知有多痛

没人能体会我一生的心情

欲哭无泪

欲言无词

# 无题2号

鼻涕

为不争气的眼泪

淌下了两条河

我为你沉下一片海

你却隆起一座山

# 无题 3 号

假如我有一座城池
我愿换回我一生的自由
让灵魂重置肉体
做一回真正的自己
摇曳在指尖上的思念
为夕阳涂上了一抹红
你在霓虹灯下的背影
牵动了我，遥目相送
我只是想你
星星陪我哭泣
落在河流中那无数的泪滴

# 无题 4 号

我漫步在日落黄昏

不见月亮与星辰

也未感受到微风送来的吻

我好想搀着海浪的臂膀

感受它的体温

遥望它起伏不定

远逝的背影

山边的玫瑰

如此娇艳

却被风雨摧残

# 无题 5 号

没有灯光
望着漆黑的天花板
身边躺着的大萝卜
好冰
冰得足以让我窒息
好想搂着活鲜鲜的肉体
感受一下人间烟火

# 无题 6 号

爱在石头上撞碎

风在呜咽

鸟儿在战栗

梦想化为灰烬

# 无题 7 号

黑夜里翻转
似乎嗅到你的气息
却握不到你的手

# 无题 8 号

我只是一条在冰雪中冻伤的藤蔓

等待雪散冰融

再慢慢地爬向枝干

# 无题 9 号

所有的压力挤走了春天
只剩下一片灰暗的天空

# 无题 10 号

一抹将落的斜阳

遇上了天使的翅膀

让风狂吻

给了爱的力量

# 无题 11 号

我在黎明等你

一起去看日出

一起呼吸新鲜空气

有你的陪伴

旭日显得分外灿烂

我在书房等你

沏上热茶

品一下茶的味道

滋润一下干渴的嘴唇

我和你一起在院子里种下蝴蝶兰

在微风的轻拂下

相互碰撞

此时已擦出爱的光亮

二月的风似乎已不是那么凉

你飘然而来

轻轻地捧起我的脸颊

吻着我的脸庞

此时的我已是心血滚烫

# 无题 12 号

我只是难过

相思而只能相望

你我有过前世

相遇就很难忘记

我好想围着火炉

不再寒凉

夜是那么的苍茫

似熟透了的麦子随风起伏

它不希望风再吹

静止下来

敞开心扉

享受一下月亮的柔光

万家灯火

没有我栖息的地方

我好想找一片岛屿

把我的肉体埋藏

那里不再有束缚

只有无数野花

覆盖身上

# 无题 13 号

迟来的爱

只是前世的缘

在漩涡中为你撑船

在风雨中为你打伞

樱花开得灿烂

馥郁只为你散

诗写千万篇

只是一种思念

你灿烂的微笑

就像海的蓝

你是我的曲子

不许别人弹错一个小节

用一根火柴点亮夜空

给小径带来光明

让游走的灵魂不再感到孤独

一切的幸福都和我无关

只是与我擦肩而过

# 无题 14 号

爱你三冬暖

枕你到白头

暮年佝偻躯

紧握你的手

# 无题 15 号

漆黑的夜，难以安眠

我在思念我的爱人

我没有怪黑夜

因为黑夜也在思念白天

抓一把黄土

和成泥

重新塑造一个自己

仰望星辰

无忧无虑

# 无题 16 号

盼一片蓝天

等待雾霾散尽

盼一轮皓月

等待云淡风轻

握住乌云中那一道霞光

给我足够的力量

踏着漫长的岁月前行

# 无题 17 号

表面靓丽如浮萍滑过

心地善良才配得上躯壳

见到的未必是真

真心感悟才知对错

人生在世如浮云飘过

真真假假细细斟酌

知道自己没什么过错

哪管有太多蹉跎

# 无题 18 号

黑夜的心

掠过一丝亮光

我紧握着

走到天亮

# 无题 19 号

风带走那片乌云
一个肮脏的灵魂在人世间忏悔
万物没有尘垢
世界无病无忧

# 无题 20 号

我握住黄河的手

拽着母亲的衣角

我沉湎于她怀中的泥沙

跟随九十八颗星星

在她的胸膛上起伏

# 无题 21 号

黑夜破了一个洞

西风用绣花针

绣上了一个火红的血月

似暖炉

温暖着整个世界

# 无题 22 号

人生就像一本书

是好是坏

看你怎么去读

# 无题 23 号

脚问路

抬头该迈向何处

路说

走出执念

你就不再是囚徒

剪掉一段旅程

剩下来的

是最美丽的风景

# 无题 24 号

太阳虽然无语

但它的表达

是滚烫的

# 无题 25 号

心告诉眼睛

丢掉所有你看到的黑夜

余下来的都是光明

# 无题 26 号

在冬日的雪地上
画上一片绿洲
快乐得像个骆驼

# 无题 27 号

我不再是时间的道具

宇宙将有我的划痕

日子张大了嘴巴

把我吞噬

来是偶然，走是必然

# 无题 28 号

当生命没有了灵气

我的躯壳

可以装下红尘中所有的悲哀

# 无题 29 号

我不过是一只娇小的乌鸦

拿什么去学凤凰飞

# 无题 30 号

爱是空空的渡船

擦干泪

还要继续驶向明天

# 无题 31 号

没有爱的黑夜

最怕黑夜降临

爱得太深

渐渐变成黑夜下的乞丐

# 无题 32 号

诗是灵魂的注释

只写给爱的那个人

# 无题 33 号

心灵的独白如同翻滚的骇浪

捡几片叶子做一艘小船

随着海浪旋转荡漾

帆上荡秋千的姑娘

满脸忧伤乱发飞扬

她把诗写在海上

写在小岛上

我在心尖围出一道湾

做她的避风港

辑四

海浪将我拥起

# 觉醒

我已不再沉睡
海浪将我拥起
我奋力走出雾霾
看到清晨的暖阳
那里不再有黑暗
只有万道光芒
我看到了黎明
看到了希望

# 跋涉

我想问星星借盏油灯

点亮天空

让我看到里面的璀璨

我在高山峻岭间游转

想问天山雪莲借一片花瓣

来填补我心灵的空闲

# 亮光

有亮光了

有亮光了

群星翻滚成巨浪

涌进我早已开启的窗

# 春雨

来不及等待

已是白发丛生

你不经意间闯入我荒凉的沙漠

在那个春天里遇到了春雨

雨点洒向四方

滴落屋顶，池塘，沼泽

一声闷雷响彻寂静的夜空

我倚在窗台前

紧握你的手

借着光亮眺望远方

横看是云

竖看也是云

雨仍在无声无息地下着

润泽了我僵硬的灵魂

浸透了我的来生

我终于找回呼吸

找回心跳

找回了如影随形的脚步

在这场春雨里

我同万物一起复苏

# 雨后

彩虹背后

藏着一道淋湿了的篱笆

留下来的云朵如面包一样松软

隆起山峰般的乳房

我点燃灯塔坐在上面

隔着厚厚的山脉

把手伸入你的后背

感受着你的温度

流干血的海棠

只是在海浪里漂泊的一只浮袋

隔着天空慢慢向你的呼吸靠拢

在你的腹内

胚胎生长

# 归来吧

风戏弄着船帆

渔夫拽着云的尾巴

鲸鱼是海洋的儿子

翻滚着美丽的浪花

渔船上的双桨

拨动着水的皱褶

仿佛进入天堂

风，云，双桨

都是渔夫流浪的孩子

归来吧

只有渔夫坐在船上
空气打量着他忧伤的脸颊
吞吐着烟雾
一位孤独的老人

# 偶遇

你是我雨中的一把伞

为我遮挡细雨，护我衣衫

你是初升的朝阳

柔柔阳光，照暖我冰冷的心房

你是暮落的夕阳

留下缕缕织锦，编织我的憧憬和梦想

你是凌空的鸿雁

带我穿越戈壁，翻越山梁

你是雨后的彩虹

让我走进七彩缤纷的世界

你是天上的云
携我一起览遍祖国山河，潮起潮落
你是海中的巨浪
高低起伏，让我尝尽人生的酸甜苦辣
我背负着一家的重担
在逆境中前行，牢记生存的意义
绽放余生的光芒

# 蜕变

我想逃离尘埃

酝酿春暖花开

找一片绿地

寻一片大海

内心的寂寞

让雨淋透

滑落在泥土上

滋润万物

我想挣脱身上的缆绳

让窒息的灵魂得到喘息

生活如同恶水缸一般

装满了残汤剩饭

园子里的小白菜

长满了青虫

叶子已是百孔千疮

别去触摸它

鲜血已渗入根部

# 雨水

风卷起乌云

带来雨水

煮一杯热茶

滋润一下那干枯的花蕾

# 渴望

我愿意用我半生的孤独
去换一粒爱的种子
让太阳温暖大地
让时光追随江流
我只想回到年少
让人生永远自由

# 愿夜凝固

给身体里的每一颗细胞

种下情花的毒

蚀骨的岁月里

长满了蛊

再也挪不动脚步

我推开窗

把窗帘轻抚

月光下的你

放慢了脚步

微笑着

手里捧着九十九朵玫瑰

我用月亮的泪

浇灌每一朵玫瑰

星星弹奏着曲子

我愿此时的夜

凝固

# 灵魂深处的一幅画

我登上珠穆朗玛

肩上的一座座山，慢慢滑下

手心里紧握着一粒沙

轻轻松开，让它随风而去，走遍天涯

我把黎明还给太阳

把小树还给森林

当夕阳西下

把乌云收进袋子

让黄昏尽情编织着彩霞

当黑夜来临

月亮不再孤独

有群星伴舞

和流星讲话

风不再那么狂

用温柔的双手拉着云朵，娇羞地说着情话

这里不再有罪恶的人生

只有用灵魂酝酿的一幅画

# 舀一碗天河的水

舀一碗天河的水

去浇醒那棵痴情的蔷薇

六月的雪

漫过了你的双肩

也冻不醒你对爱的迷恋

舀一碗天河的水

喝出爱的真伪

在今后的日子里

不再为你流泪

舀一碗天河的水

把云沉入海底

离地千米

仍能看到你的光

# 开天辟地

我手持船桨划破了海浪
划破了那道道没有路的山梁
开天辟地
种上春天
种上幸福
种上辛酸与苦楚

# 希望

路边的小草哟

在不停地摇晃

挺直你的茎吧

去迎接黎明的每一缕朝阳

# 争渡

通往心路的湖

我想划船争渡

日复一日的霜露

结满了厚厚的冰

用温柔的阳光慢慢融化

让大佛入住

# 饶恕

岁月编织着谎言

霹雳劈死窗台上那只弱小的麻雀

我把我的生命埋回泥土中重新生长

摘一朵美丽的格桑花插在我的坟前

群蝶起舞

百鸟歌唱

# 懂

懂得了爱
处处都是风景
懂得了放手
心胸就坦荡
像大海一样宽广

# 抹布

灵魂释然

所有过往清零

东方日出时

起航

# 藕

藕

沉睡于污泥中

虽有百孔千疮

可她的内心像雪一样白

只要内心足够纯洁

坠入淤泥又何妨

# 火焰

火山喷发着火焰

兔子在你的灵魂里蹦跳

望着墙壁上的影幕

全是你浅浅的微笑

梦里，梦里

给我一个深深的拥抱

爱你的心熊熊燃烧

星海，星海

也把宇宙燃烧

我那梦中的白马

在你怀里停靠

# 情花

你曾经尝过情花的毒
险些丧命

穿越无数个荆棘丛
心如死灰，伤痕累累
才遇到一个对的人
在你灵魂中幽暗的深谷里
点亮了一束火光
好好把握，不要错过

# 狗尾草

草原上的狗尾巴草

摇曳着婀娜的身姿

和着优美的曲子

聚拢草原上流浪的萤火虫

做盲人黑夜里的眼睛

# 女人

女人是一片蓝天
是一片大海
是经过岁月磨砺
永久不败的春天


那里鲜花盛开
尽管蕊丝间夹杂着泪水
却依然开得那么娇艳


女人似天河的水滚滚而来

爱似一支利箭穿透自己的心脏

对父母、对爱人、对儿女

无私奉献


女人像柔柔的月光驱散黑暗

像飞移的房屋温暖处处

像三月的玫瑰

四月的牡丹

# 小草

我不想和任何人媲美
只愿做一棵带着露珠的小草
把清心洒向大地
伸出舌头
不停舔着夜色的黑

# 这一路

黄昏，村口，秋风落叶下

曾经为你写满诗行

浴血的玫瑰散发出最后一缕清香

爱会绽放，也会枯萎、凋零

风托起你轻盈的脚步，把思念抛向云层

记忆中你的双眸里

闪耀着天边最亮的两颗星

宛若一汪清泉在我眼睛里流淌

当我悟懂人生

脚下踏着的土地也会变成一片彩虹

# 站在刀尖上跳舞

我把白昼沉于黑夜

你看到了吗

我站在刀尖上跳舞

血一直在漫延

染红了家乡的路

我站在十字路口向你招手

假如微风从我身边掠过

我视为你轻轻的问候

你看到了吗

我依然站在刀尖上为你跳舞

鲜血化作精美的丝线

为你绣下一幅彤红的战图

假如你我还活着

我会穿上火红的嫁衣

等待你胜利归来娶我

# 赶餐的人

炒勺在时间里铿锵
累了脊梁，酸了臂膀
满身饭菜飘香
上苍的种子在锅里
发芽，开花，结出果实
饥肠辘辘的人
饱尝人间烟火

# 营生

忘不了在内邓高速营生的那段日子

村里去了四个女人

只有我留了下来

六月的大桥上

加筋网硌得脚疼

再厚的皮底鞋都无奈

两只脚轮流踮着

疼痛传来传去，和着汗水，湿透衣背

滴成一汪勤苦的小潭留在桥上，哪怕蒸发殆尽

也可骄傲地说

那座桥，是我造的

皮肤黝黑，肩头爆皮

我也好想做一个小女人

可无人依靠时，只能靠自己

担起一个儿媳的责任

妻子如此，母亲亦然

每一次上工，都是一次靠近

向旸谷升起的朝阳，最亮的那一束光靠近

光可以带我走向自由

不屈的灵魂得以解放

# 人间客

被埋在坟墓里的那段日子

我折叠骨骼

灵魂跟着心在外漂泊

诗句打开了地府的窗口

我一跃而出

行走在分隔阴阳的那条细细的长线上

紫藤花的芳香

泥土的气息

正朝我扑来

搭救这个人间的过客

# 结婚证

我和他

犹如两座对峙的山峰

只能相望，却走不到一起

可恨的结婚证

废纸一张

却束缚我的灵与肉

身体留给丈夫和儿女

灵魂放进万花筒

跟着文字走

越过道德绑架

奔赴自由地活

# 放牧者

当我投入羊群

仿佛生命又一次轮回

做一只小羊

自由地啃着草

挑着白日的灯

不再像做人时那么谦卑

当夜幕把晚霞裹住

灯可以做黑夜的眼睛

# 乡约

用家乡的土
撮一条长长的路
一直延伸到乡约的大门

汗水滋润了泥土
泥土孕育着稻香
生长出玉米的金黄

捧一抔家乡的土
带着乡亲们的祝福
泥土里有丰收的喜悦
也有说不完的苦

# 雨后的蔷薇

细雨染透了石砌的墙壁
好冰

我把所有的执念闭合
少一滴泪水
就能多出一只臂膀

# 我的田地

我的田地，荒芜空空
左手撑伞，右手掌灯
双眸望着奔驰的夜
凝视那一座座闪动的城
粗糙灯火惊醒了星星
它们牵着手一唱一和
我站在前方，远远地看着
它们中间好似有我，又好似无我
一堆堆山包
挡住了我的眼睛
学愚公
一点点把它们挪走

# 又一重光明

用世界语言破译着孤独

那是人间的又一重光明

# 扭曲的影子

我想做一棵黄土地上的秧苗
愿我的根扎得更深
影子拉得更长
在这片参差不齐的田野上
扭扭曲曲浮动的身影
世世代代都不会倒下

# 夜问

深更时的雨

浇谢了一次次想要绽放的花朵

爱

上演着一次次死亡

不过生命

还在生生不息

# 先生

芸芸众生中
撞见你的回眸
先生
那个人是你吗

# 小鸟

飞翔的小鸟
时而慰藉着
我心底的一页蓝

# 归宿

灵魂在人生的悲悯中

找到了光的永恒

# 过客

北风掀走树冠

只留下枝丫

在初升的暖阳下摇晃

闭上眼睛

尘埃中那些罪恶的影子

都是过客

# 画你

画最爱的人步入心田

月亮睡了

太阳送走黑暗

只有你如影相随

抚云的柔

吻海的蓝

# 撑着伞的人

撑着伞的人

不知被雨淋的凉

人若能更好地

撑过低谷

就会看到头顶上最酷的太阳

撑着伞的人

或许知道被雨淋的凉

# 等

云离我越来越近

添上双翼，没了距离

不为别的

只为在下雨时

能披上你那一身洁白的雨衣

# 遥望

摘一片夜色

满是星光

和正在遥望的月亮

思念是那么长

月亮捎我一程

把我带进你的故乡

揉入你酣酣的梦

# 桃花源

我有一匹骏马

坠落在桃花潭里

桃花覆盖了它一身

我不敢靠近它

花瓣都是它的爱人

月牙似一根银线

一直牵动着牧马人

# 我的野鸽子

夏夜太短

拽不住缕缕思念

暗潮涌动的大海

不停回旋

我的野鸽子

已飞到你的窗前

# 假装

我不是一个盗贼
我只是一个放烟花的人
就像一枝干枯的花朵
假装等待春天的到来

# 你是我的前世

雨滴是你的禅音

我一直聆听到黎明

# 淅淅沥沥

春雨不停洗刷着沉冤

在山顶，在浊流中

已看不到谷底渺小的自己

我用宝石打造一双眼睛

去穿透那一面面无门的墙壁

我打碎了世俗

剜出所有的伤

从此村庄不再平静

# 爱是

爱不是绑架

爱是爱和被爱

懂和被懂

彼此怜惜

# 独一无二的云

摘一片春天的云
做夜晚的棉被
收一缕夜晚的风
做夏日的凉席
接下所有天使的泪
煮一碗秋茶
烘干冬天的雪
备下三生的梦

# 有你

做一双船桨不惧风浪

用有力的臂膀

任水波荡漾

当我撑不下去的时候

有你的大手

扶起我的脊梁

风起云涌

却有你为我扬帆护航

# 信念

不知疲倦的鸟儿
总是在屋顶上跳跃
在我没有自由之前
鸟儿是自由的
我将是一个惊世骇俗的摆渡者
打破这人世间被束缚的婚房

# 不甘

用时间酿酒

去灌醉春暖花开

让郁金香相吻

让雨沸腾去洗掉柳枝间的尘埃

作别宇宙满载的灰暗


点一点头

给天空留下一片星海

月光下的昙花啊

死守住那条山脉

我轻轻的一个吻

羞红了山边的云霭


用我的肉体挡住所有悲哀

去聆听巨浪狂风

去感受琴瑟和鸣

用双手擎起一片月光

让黑暗的角落里盈满光明

# 试着去爱

揽一江明月

去替代这无尽的黑暗

暮年的雪仍是那么洁白

太阳遣散了温度

柔和地勾勒着万紫千红的云彩


携一江秋水

我在粼粼的波纹中数着岁月的残骸

褪色的年轮驱赶着万物

我高举着血肉模糊的灵魂

在风的哀号里高歌

放一只雄鹰翱翔蓝天
去采撷一缕天边的七彩祥云
做一身新娘的嫁衣
等待来生做一次真正的新娘

我遁形于苦难
让大自然把我紧拥入怀
让漂泊的灵魂不再流浪

告诉风，告诉雨，告诉黄昏

我将用我的体温去慰藉世界上每一个受伤的女人

我用自由的灵魂

去尝试着爱一棵小草

爱一粒尘世的浮尘

爱每一个雷电交加的夜晚

**图书在版编目（CIP）数据**

海浪将我拥起 / 韩仕梅著 . -- 长沙：湖南文艺出版社，2023.9
ISBN 978-7-5726-1357-9

Ⅰ . ①海… Ⅱ . ①韩… Ⅲ . ①随笔—作品集—中国—当代 Ⅳ . ① I267.1

中国国家版本馆 CIP 数据核字（2023）第 145494 号

上架建议：文学·诗歌

HAILANG JIANG WO YONGQI
**海浪将我拥起**

著　　者：韩仕梅
出 版 人：陈新文
责任编辑：匡杨乐
监　　制：邢越超
稿件统筹：韩　洋
特约策划：张　攀
特约编辑：彭诗雨
营销编辑：杜　莎
封面设计：末末美书
书名题字：陈建周
版式设计：李　洁
书籍插画：何田Art　会　飞　Moy Lee / 视觉中国
内文排版：百朗文化
出　　版：湖南文艺出版社
　　　　　（长沙市雨花区东二环一段 508 号　邮编：410014）
网　　址：www.hnwy.net
印　　刷：北京中科印刷有限公司
经　　销：新华书店
开　　本：775 mm × 1120 mm　1/32
字　　数：84 千字
印　　张：7
版　　次：2023 年 9 月第 1 版
印　　次：2023 年 9 月第 1 次印刷
书　　号：ISBN 978-7-5726-1357-9
定　　价：45.00 元

若有质量问题，请致电质量监督电话：010-59096394
团购电话：010-59320018